盛装登场

浪花朵朵

盛装登场

[美]卡拉·库斯金 文　[美]马克·西蒙特 图
小蚁 译　浪花朵朵 编译

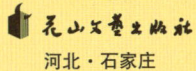

河北·石家庄

图书在版编目（CIP）数据

盛装登场 /（美）卡拉·库斯金文；（美）马克·西蒙特图；小蚁译；浪花朵朵编译. — 石家庄：花山文艺出版社，2020.2
ISBN 978-7-5511-4944-0

Ⅰ. ①盛… Ⅱ. ①卡… ②马… ③小… ④浪… Ⅲ. ①儿童故事-图画故事-美国-现代 Ⅳ. ①I712.85

中国版本图书馆CIP数据核字(2019)第261294号
冀图登字：03-2019-153号

THE PHILHARMONIC GETS DRESSED
by Karla Kuskin and Illustrated by Marc Simont
Text copyright © 1982 by Karla Kuskin
Illustrations copyright © 1982 by Marc Simont
Simplified Chinese translation copyright © 2019
by Ginkgo(Beijing) Book Co., Ltd.
Published by arrangement with HarperCollins Children's Books
through Bardon-Chinese Media Agency
All RIGHTS RESERVED.

本书中文简体版权归属于银杏树下（北京）图书有限责任公司

书　　名：	盛装登场
	Shengzhuang Dengchang
著　　者：	[美] 卡拉·库斯金
绘　　者：	[美] 马克·西蒙特
译　　者：	小蚁
编　　译：	浪花朵朵

选题策划	北京浪花朵朵文化传播有限公司		
出版统筹	吴兴元	编辑统筹	张丽娜
责任编辑	温学蕾	特约编辑	张丽娜
责任校对	李　伟	美术编辑	胡彤亮
营销推广	ONEBOOK	装帧制造	墨白空间·张莹 冰雪
出版发行	花山文艺出版社（邮政编码：050061）		
	（河北省石家庄市友谊北大街330号）		
印　　刷	天津市豪迈印务有限公司		
经　　销	新华书店		
开　　本	720毫米×1000毫米　1/16		
印　　张	3		
字　　数	20千字		
版　　次	2020年2月第1版　2020年2月第1次印刷		
书　　号	ISBN 978-7-5511-4944-0		
定　　价	42.00元		

读者服务：reader@hinabook.com 188-1142-1266
投稿服务：onebook@hinabook.com 133-6631-2326
直销服务：buy@hinabook.com 133-6657-3072
官方微博：@浪花朵朵童书

北京浪花朵朵文化传播有限公司常年法律顾问：北京大成律师事务所
周天晖 copyright@hinabook.com

未经许可，不得以任何方式复制或抄袭本书部分或全部内容
版权所有，侵权必究

本书若有质量问题，请与本公司图书销售中心联系调换。电话：010-64010019

这个故事起源于查理的"燕尾"。

星期五的晚上就要到了。天色越来越暗,屋外越来越冷,高高低低的房子里渐渐亮起了灯。

　　市区和郊区，大桥的这头和那头，散落在城市里的一百零五个人开始梳洗打扮，准备上班。

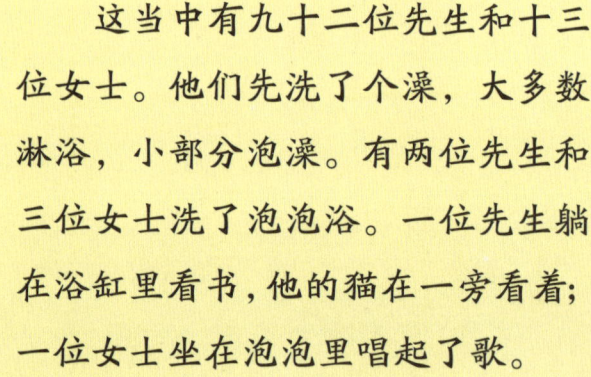

这当中有九十二位先生和十三位女士。他们先洗了个澡,大多数淋浴,小部分泡澡。有两位先生和三位女士洗了泡泡浴。一位先生躺在浴缸里看书,他的猫在一旁看着;一位女士坐在泡泡里唱起了歌。

洗完澡,他们用大大小小的毛巾擦干身体,有的还扑了好多爽身粉。三位先生留着胡子,其中两位修剪了胡子;其他先生都刮掉了。

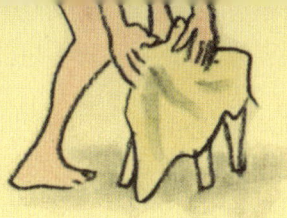

淋过浴,泡了澡,擦干身体,刮完胡子,扑过爽身粉,此时这一百零五人浑身干净清爽,开始穿贴身内衣裤。

先生们都穿上了内裤。有的先生穿短袖T恤，有的穿无袖背心，还有的什么贴身上衣也没穿。

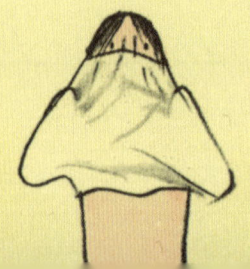

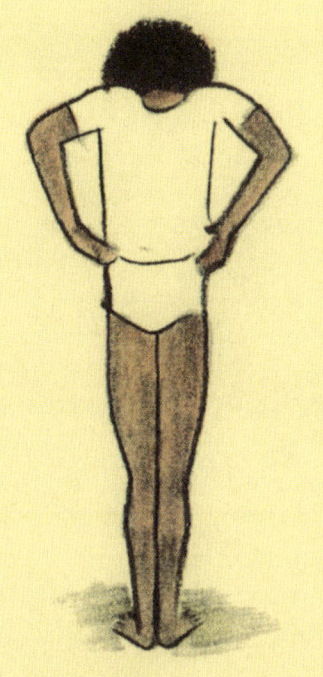

不过看着天色渐暗、气温降低，一位瘦瘦的先生穿了一套长袖长裤的连体衣。

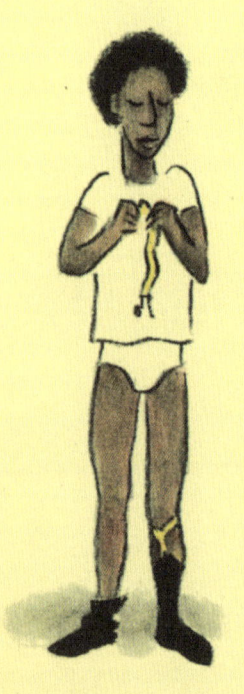

所有先生都穿黑色袜子，不论短袜、长袜，还是精致的、绣了图案的丝袜。有的先生怕长袜滑落，特地系上了吊袜带。

十三位女士在穿各式各样烦琐的贴身衣服：内裤、连裤袜、长筒袜、衬裙，还有胸衣。一位女士双脚总是冰凉，她在连裤袜上套了一双羊毛袜。

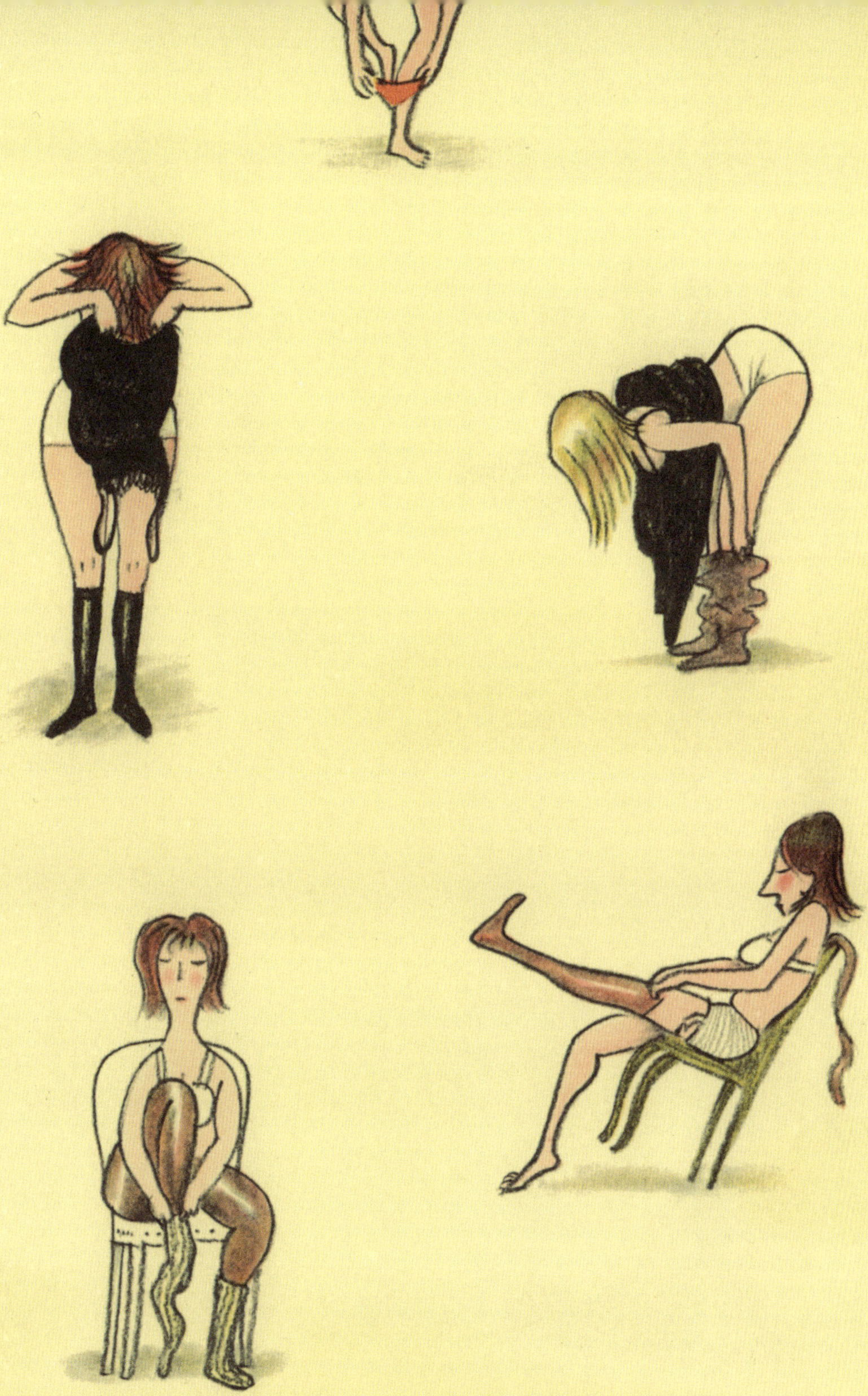

先生们穿好贴身衣物,套上长袖白衬衫,扣好纽扣,开始穿黑色裤子。四十五个人站着穿裤子,四十七个人

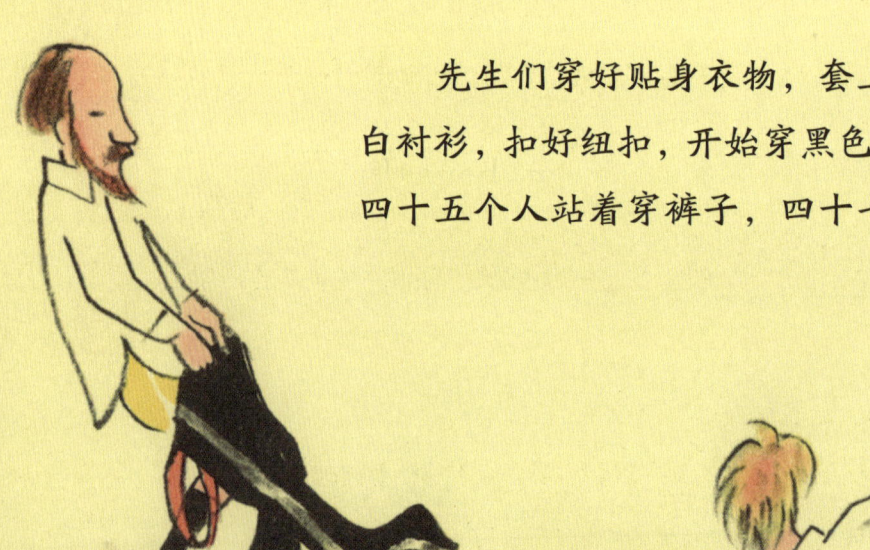

坐着穿裤子。每条裤子的裤管外侧都有一条闪亮的黑色条纹。先生们拉上拉链，扣上一两颗纽扣。

这位先生黑色的鬓发当中有一缕白发,像一道闪电。他穿了一件面料细腻的白衬衫,胸襟带花边,袖口别

致，搭配了袖扣。看，他正比画着把黑色宽腰带系在腰上。其他先生没有用腰带，他们把背带扣在裤腰上，再啪的一声挂在肩上。

八名女士穿上了黑色半身长裙,搭配黑色打底衫、毛衣或衬衫;四位女士选择了黑色连衣裙;还有一位女士在黑衬衫外穿了一件黑色吊带裙。

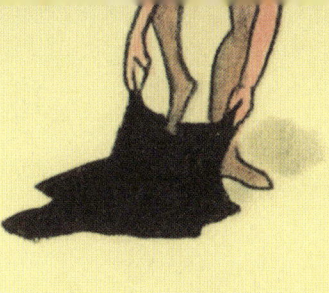

小部分女士佩戴了珠宝,她们戴上耳环、项链,不过没有人戴手镯,那会影响她们工作。

先生们统统搭配了黑色领结，他们有的对着镜子系，有的对着空气绑，那位瘦瘦的先生一边吹口哨一边系好了领结。二十七位先生直接戴上了免打领结。那位黑发间有一缕白发、衬衫上有花边、扎宽边腰带的鬈发先生，戴了一个大大的白色领结，看起来像一只白蝙蝠停

在他脖子上。没有谁的领结和他的一样。他白色马甲外面是一件前短后长的黑色礼服,礼服的后面分成两半,像甲壳虫的翅膀。这身礼服就是燕尾服。今晚另外九十一位先生都穿无尾礼服,也是黑色的,有闪亮的缎子翻领,但没有那对"甲壳虫翅膀"。

所有先生女士都穿好黑的白的衣服后,就准备出门了。他们又套上大衣、夹克、斗篷、靴子,戴上手套、围巾、帽子、耳罩。几乎每个人都拎着箱子。这些箱子形状不一,颜色相近,都是或深或浅的黑

色、棕色。那位鬈发先生，就是黑发间夹有一缕闪电般的白发，着花边衬衫、扎宽边腰带、领结像白蝙蝠的先生，又和其他人不一样。他拎了一个非常轻巧的真皮手提箱。

这一百零五位先生和女士向他们的爸爸、妈妈、丈夫、妻子、朋友、孩子以及家里的猫猫狗狗们告别。

接着,他们走出一百零五道门,走向一百零五条街道,搭出租车、地铁或公交车去城市的中心。

　　有辆加长轿车已经在公寓楼下等候多时。那位黑发间有一缕白发的鬈发先生,穿着天鹅绒翻领的黑色大衣,裹着白色丝巾,踱着步上了车。

　　轿车开动了。他打开箱子,看着几页纸,轻轻哼唱起来。

星期五晚上八点二十五分，一百零四人走上了市中心爱乐音乐厅的大舞台。他们已经把大衣、夹克、斗篷、靴子、手套、围巾、帽子、

耳罩放在后台墨绿色的金属储物柜内,连同放在后台的还有他们形状不一、或棕或黑的箱子。一百零一位先生和女士带着箱子里的乐器上台了。

　　有三位什么乐器也没带,他们是一名竖琴手和两名打击乐手。打击乐手演奏定音鼓和钹、锣等小型打击乐器。这些乐器太重,搬起来太费劲,它们一早就在舞台上了。

舞台上有椅子一百零二把,高脚凳两个。每一把椅子、每一个凳子前面都配有一个乐谱架,上面放着乐谱。一百零四位先生女士在自己的位置上

坐好了。大提琴手坐在高脚凳上。所有人都把乐谱翻开到第一页。白色的纸面上是黑色的横线和音符。

　　黑发间夹有一缕白发的鬈发先生走进了音乐厅。他走到舞台的前面，一步一步地走到一个台子上。那是指挥台。在那里，台上一百零四名演奏家和台下数百名观众都可以清楚地看

到他。观众掌声热烈,鬈发先生微笑鞠躬。原来他是指挥家——交响乐团的灵魂人物。他手里拿着一根棍子,叫作指挥棒。

指挥家举起指挥棒,指向音乐厅的天花板,六盏枝形水晶吊灯在那里无声地闪烁。

等他把指挥棒垂下,和足球场一般大小、铺了红丝绒地毯的大厅顿时充满了优美的旋律。

音乐在空气中流淌。旋律在小提琴、中提琴、大提琴、低音提琴、长笛、短笛、低音管、单簧管、双簧管、圆号、小号、长号、大号、竖琴、鼓、钹、管钟，还有三角铁上跳跃着。

在星期五晚上八点三十分，这一百零五位黑白衣着的先生和女士，把白纸上的黑色音符变成了一场交响乐。

他们是交响乐团的音乐家,他们的工作就是演奏音乐,动听的音乐!